KB071033

사랑이더라

사랑이더라

김행숙 시집

발 행 처 · 도서출판 청어
발 행 인 · 이영철
영　　업 · 이동호
홍　　보 · 천성래
기　　획 · 남기환
편　　집 · 방세화
디 자 인 · 이수빈 | 김영은
제작이사 · 공병한
인　　쇄 · 두리터

등　　록 · 1999년 5월 3일
(제1999-000063호)

1판 1쇄 발행 · 2019년 12월 20일

주소 · 서울특별시 서초구 남부순환로 364길 8-15 동일빌딩 2층
대표전화 · 02-586-0477
팩시밀리 · 0303-0942-0478

홈페이지 · www.chungeobook.com
E-mail · ppi20@hanmail.net
ISBN · 979-11-5860-719-7(03810)

이 도서의 국립중앙도서관 출판시도서목록(CIP)은 서지정보유통지원시스템 홈페이지(http://seoji.nl.go.kr)와 국가자료공동목록시스템(http://www.nl.go.kr/kolisnet)에서 이용하실 수 있습니다.(CIP제어번호: CIP2019048016)

청어詩人選 215

사랑이더라

김 행 숙 시집

도서출판 청어

시인의 말

3집을 마무리 하면서

늦가을 앞에 홀연히 섰습니다
시인이라 말하기 부끄럽지만
이렇게 세 번째 시집을 엮었습니다
돌아가신 지 사십여 년이 지났건만
내 삶속에는 항상 어머니가 계십니다
살아계셨다면 얼마나 기뻐했을까

여러분의 사랑에 무릎 꿇으려 합니다
나를 이끌어주신 고 강영환 교수님
타향살이에서 만난 소중한 벗들과
밀양문협 여러분께 고마운 인사 전합니다
감사합니다

차례

1부 자연
–그대 닮은 빛줄기

2부 삶

–시간이 데려가지 못한 작은 추억들

3부 여행
–고운 빛이 시간을 되작이는데

4부 가족

–가깝고도 먼 강산이 또 한 번 변해

1부

자연

-그대 닮은 빛줄기

수련

가만히 품었습니다
조용한 어둠속에서
가슴에 머문 빛 한 조각
어느 시간 속
전생을 닮은 한 알의 씨앗
옷고름 풀지 못한 습지에 내던져졌던

햇볕이 적당한 어느 날
천연덕스런 물결 따라 부풀어 오른
숨결. 사랑
마알간 이슬 입술에 닿으면
술에 취한 듯 여리게 묻어나는
그대 닮은 빛줄기

스친 눈빛 물결에 흔들리면
조금씩 아파오는 외로운 몸짓
꿈속에서 허둥대던 음성이
이제는 놓아주라 하는데
아직도 사랑하고 있나요
미처 다 풀지 못한 빛
바람의 소용돌이

나비

초록으로 가득 채운 꽃들의 숨소리
피어오르는 아지랑이처럼
바람 냄새가 나네요
어디선가 소리 없이 다가와
꽃술 위로 잎새 사이로
숨바꼭질하며 내일을 꿈꾸어요

그대 사랑하고 싶어요

조심스럽게 끝난 뜨거운 하루
먼 길 떠나 지쳐 돌아오면
혀끝에 머무는 그대 입술 위로
작은 꽃잎들이 다가와 속삭여요
사랑하고 있어요

헤어나올 수 없는 푸른 달빛
내 사랑이 원을 그려요
해맑은 눈빛 속내를 보이며
가을로 떠나는 시간 앞에 피곤한 날개 접어
이 밤 당신 곁에 쉬어갈래요
달빛 입술에 물고

산

마주보고 있었다
고개를 드니
저 편
솟아있는 거대한 몸짓
소나무 한 그루
바위에 비켜서서
홀로 천연덕스럽게 서 있는
저 푸른 산
산은 저곳에 있고
가슴에 차오르는 붉은 빛

찔레꽃 1

햇살 넘치게 쏟아져 내리고
살포시 내려앉은 꽃송이
하늘빛 사이로 잔바람 불어
하얗게 피어오르는
찔레꽃 내음
그곳에 내 작은 사랑이 서 있었습니다

찔레꽃 2

손으로 건져 올린 오월의 달빛
마른 목을 축이며
흘리는 웃음
차마 놓아버릴까 참지 못해
몸 여는 날
바람이 쓸고 간 찔레꽃 그림자

섬진강 벚꽃

물안개 피어나는 가장자리 언덕
수채화처럼 퍼지는
꿈길 같은 꽃잎은
쌍계사 길 따라 엎드린 채 흩어져 내리고
수정 같은 강물 위로 떨어지는 바람결

봄비를 머금고 찾아온 4월의 날갯짓
마른가지 끝에도 꽃은 피어나건만
시들고 남은 꽃잎마저 떨어지면
아! 사랑아
한 귀퉁이 세월은 서러움으로 퍼져나가고

쌍계사 목탁소리 가슴에 젖어
이슬인 듯 눈물인 듯 비는 내리는데
꽃처럼 피었다지는
늙은 가지의 추억이
내 어머니 눈물꽃은 사월에 핀다

붓꽃

울음인 듯 흐드러지게 봄비 내리는 날
빗방울 쉼 없이 매달려
눈물샘 하나
어둠이 베어낸 자리에
옅은 숨소리

감춰진 잎 사이로 뜨거움이여
온몸으로 토해내는 보랏빛 향기
마주할 수 없는 그대는 누구신가요
잔잔한 마음을 흔드는
그대 아픈 빛줄기

멀기만 느껴지던 언덕배기 한 곳에
무심히 놓아버린 아픈 인연은
세월 어디쯤 허허로이 쉬고 있을까
머무름 없이 떠나는 바람의 손길이
이제는 모두를 품고 가자 하네

낙엽

누군가를 기다리시나요
당신이 켜 둔 색색의 등을 저 끝
몸속에 지쳐
잠들어있는 달 빛
나는 당신을 향해
맑은 영혼을 바치려 합니다

끝내 타오르는 붉은 욕정
피어보지 못한 한이 내 키보다 큰
당신의 육신을
어둠속에 일렁이는 나뭇잎 같이
앞가슴 풀어헤친 파도처럼
꿈에서 날던 그 하늘 그 바다
울음으로 건졌습니다

넌지시 어깨 너머로 엿듣던
뜻 모를 설레임
이리도 먼빛이 들면
허물어진 강가의 작은 조약돌처럼
마주 선 가을을 잊어버릴까
밤마다 핏빛으로 물들이고 있습니다

코스모스

가슴시린 그리움은 우연이었을까
숨겨왔던 사랑의 문턱은
여름비가 토해놓은 두런거리는 잎사귀
계절의 오고감을 갈무리하듯
가지 끝에 쉬는 가을여행

햇볕에 태우던 깊은 목마름
한 겹씩 흩어지는 꽃잎
돌아온 자리에
샛바람 여울처럼 젖어오는
풀벌레소리

날 위해 웃어주던 그님이 오면
늦가을 어디쯤 지친 몸 씻어
살갑고 예쁜 웃음 띄워줄 텐데
10월을 밟아도
마지막 남은 네가 힘겹게 핀다

잠자리

밝은 빛이 흘러넘치는 한 낮
빙글빙글 돌며
수면 위로 쉽게 튀어 올라
물속에 몸을 담가요
멀리 떠도는 구름
기억할 수 없는 사랑이 지나가네요

간간이 흔들리는 잎 사이로
내 안의 나를 불러요
새로움을 잃어버린 헝클어진 생각들이
지친 영혼을 따라
내 사랑이 아파 보여요

선택된 시간 앞에
다시 태어날 수만 있다면
힘든 기억들이 널 향해 다시 날고픈
내 사랑에 빛이 내려요
두 날개 활짝 펴고 힘차게 솟구쳐요

매화 1

달빛 하얗게 붙어있는 유리벽 사이로
매화 하늘을 보다
홍역을 앓은 것처럼
발갛게 피어오른 가지 사이로
시간의 가장자리를 태우는
소소한 행복

기대했던 봄은 산중턱을 넘어
날카로운 긴장을 풀어놓고
삶이 끝물처럼 바쁘게 밀쳐내는
이 하룻밤
그리움에 허기져서
주섬주섬 끌어안은 내 안의 날들

얇은 꽃잎을 털어내는 날
차마 가지 못하고 주저앉은 바람
바람소리
당신이 머문 자리에서
아직도 그날의 봄을 기다린다

개구리

애 돌아 부는 바람
낯선 마주침
그 바람 끝에 내린 비린 물내음
햇빛 찰랑찰랑 쏟아져
졸음 속에 듣는 작은 속삭임

시간은 더 달아오르고
지나간 밤에 꿈꾸어 무수히 맴돈
연꽃의 향기가 가슴에 펄럭인다
바위틈을 밀고 올라서는 아픈 몸부림
잊은 듯 살다가 내일은
가슴에 따뜻한 사랑 일렁이려나

튀는 물방울 소리
작은 몸짓으로 뒤척일 때
무심한 듯 떨어져나간 물비늘
온통 휘젓고 있다
단 한 번의 스침
사랑

동백

십이월의 짧은 해가 잔가지에 걸렸다
바람의 길목에
감춰진 속살을 내보이고
아프다
시퍼렇게 멍이 든 이파리
진통의 고통
아픔으로 흐르는 기다림의 밖의 시간
눈(雪)물이 이파리 사이사이 흐르고
무거운 몸을 풀어놓은 듯
작은 방울들이
서로 부대끼며 내는 신음 소리
핏빛 열정

민들레

삶과 죽음의 경계에서
빛 한줄기 머물다 멈춘 겨울은
너무 아프다

겨울과 봄이 서로 비켜가지 못한 날
바스러진 나뭇잎이 뒹굴다 멈춘 골목에는
자리 뜨지 못한 풀꽃
노랗게 누워있다
옅은 향기 긴 호흡으로
파르르 일어서는 작은 생명의 기지개

더딘 시간 속에서
햇빛은 푸르름을 물고
풋사랑 같은 가슴앓이 속에서
잠꼬대처럼 꿈을 꾼다
그대 뜨락에 하얀 홀씨 날려
뜨겁게 자리할 수 있는 날이 오기를

봄비

돌 섶에 속살을 내 보이듯
미묘한 떨림
봄
끌고 오는 소리
통증으로 솟아오른 마른 풀씨가
묵혀두었던 갈증으로 몸져 눕는다

혼자 남은 빈터에는
머물다 흩어진 숨소리
회색빛 구름을 지고 무채색의
비가 흘러내린다
외로움 적시는 날
가쁜 목마름에 눈길 열며
꽃빛으로 물 드는 사월의 밤에

아스름한 길을 가르며
침묵을 흔든다
쏴아-
머무르고 싶은 순간들

매화 2

하얗게 쌓여온 울음이었을까
여린 빛줄기 감싸 안으며
조금씩 터져 나오는 작은 방울들
날 찾아오는 임
홀로 팔랑이는 3월의 한 낮

기억하나요
그 느낌 그 떨림 이대로 묻어둘래요
뚱툭 떨어지는 하얀 송이
마음속 깊이 미루다 못한 말
그대를 사랑합니다

귓가에 맴도는 젖은 목소리
우연히 마주한 그대 작은 뜨락에
외로움 사이사이 묻어나는 향기
스친 바람 여윈 듯 꿈결 같은 사람은
부서져 내린 3월의
하얀 꽃잎 같은 사랑입니다

자목련

입술 지그시 깨물고
뭉크러진 마음에
봄비 하얗게 내렸다
저만치 멀어져가는 계절에
쏟아지는 보랏빛 그리움

더듬더듬 삭아 내린 삼월의 바람
나무는 비단처럼 물을 내리고
이리저리 뻗어있는 가지 사이로
저절로 떨어져 홀로 피어난
고운 꽃 이파리

붉게 타오르는 열병 바람에 가두고
한층 짙어가는 초록빛시간
처음으로 간절했던 마음 기다림을 알았고
새들 머물던 둥지에 자주빛 입술 터트려
봄을 마음껏 밟고 있다

4월에

산 너머 막 도착한 봄은
쑥 향 가득한 계절을 잉태하고
대지는 잠시 부풀어 하나씩 들어올리는
작은 생명체의 뜨거운 반란
삶의 집 바퀴에
빨래를 햇볕에 바래면서
사랑한다 말하고픈
어머니의 가슴팍에 봄이 내린다

아직 영글지 못해서
솜털 속에 쌓인 붉은 꽃망울이
기다리고 피어나는 나뭇가지 사이로
빤짝이는 물빛
묵은 노래는 착착 감기어
몸짓과 목소리로
서먹한 봄날을 응원하고

각각의 공간에서 빛을 좇아
소중하게 다가올 나비들의 힘찬
날갯짓하는 그리움
조금은 멀리 떨어져 돌아서는 등 뒤로
어린 새순 연초록빛깔로
봄을 길어 올린다.

남지 유채밭에서

풋봄의 햇살 강바닥에 내리다

겨우내 품어온 흙먼지가
빈 하늘을 내려오는데
어둡고 칙칙한 물 색깔은
무거운 짐을 내려놓은 듯
화려한 분장을 준비한다

실려 온 바람의 손끝
수줍은 기대와 풀냄새 사이로
소풍오듯 여인의 발아래
한껏 치장한 노란유채꽃이
한 바퀴 휘감아
지난 향을 내품는다

시간과 공관을 스쳐가며
길 위에 오르는 사람들
머릿속을 채우고 있던 길고 고달팠던
기억저편에
치열한 계절을 보낸 모두에게
찬란한 봄을 응원하고

가지런한 꽃잎에 봄빛 뒹굴어져
작은 꽃망울들의
행복한 봄날을 시작한다

뱀이다

봄이 깊어가는 날
비단옷자락을 밟은 것 같은
낯설고 뭉클한 느낌
외마디 처절하게 터져 나오는
"뱀이다"

돌담으로 이어진 붉은 꽃송이가
흔들리는 초록 잎 사이로
조심스럽게 마실 나온 무자치 뱀
여인의 머리카락처럼
부드러운 느낌

각각의 공간이
이렇게 가까이 있을 줄이야
막연하게 도전했던 너의 무모함에
감성을 잃어버리고
작은 수로를 따라
흔적 없이 사라져버린

풋풋한 오월의 끝자락
햇볕에 달구어진 키 작은 벼가

풀처럼 보이고
나무들 사이로 빨갛게
날개를 말리고 나온 나비
힘차게 하늘을 날다

유월의 장미

도화지에 스며드는 물감처럼
그대 모습 속에 떨어져 나오는
진초록의 침묵
어쩌다 불어오는 바람
풀어헤친 꽃송이가 햇볕에 달구어져
연신 몸을 뒤척이고 있다

저만치 다가서는 여름은
사분거리는 꽃잎 사이로
더운 가슴 갈라진 상처위로
열꽃으로 일렁이는데
그대여 발가벗은 가슴에
맑은 호수 하나 품고 사는가

모두가 떠나버린 빈집에
바람은 나를 싸매기만 할 뿐
혼 속에 타고 있는 감정의 불씨는
발갛게 젖어 있는데
아무렇지도 않게 담벽을 타고 오르는 그대
그냥 웃어주는 당신

봄비 2

긴 추스름 끝에
소리마저 삼켜버린 3월의 밤
창밖 사선을 그으며
침묵 속에 비가 내린다
닿을 수 없는 사랑에
힘겹게 걸린 숨소리

시간은 늙고
가슴에 흐릿하게 남은 잎들은
새벽의 아픈 길을 밟고 온
등불 같은 당신 앞에
한 겹씩 벗어내는 소리 없는 움직임

한겨울의 꿈처럼
오면 오는 것이 가면 가는 것처럼
텅 빈 몸속
혈관으로 타고 오르는 뜨거운 숨을
그대 젖은 손으로 어루만져 주오
아팠지만 아름다운 당신을 위해 찾아온
봄날의 속삭임

물창포

밤새 흐르는 빛 무리
일렁이는 물이랑에 발을 담구고
곱게 빗어 넘긴 이슬 한 방울
빼어나지도 화려하지도 않은 당신은
물가를 떠도는 풀꽃이더라

새벽 세상을 여는 투명한 빛
다듬지 않은 머릿결
느리면 느린 대로 빠르면 빠른 대로
나를 끌고 간 시간은
어디쯤에서 멈출까

한 켜 한 켜 쌓여가는 작은 모래성 위로
새처럼 비상한 바람이
들려준 기억의 시간
아픈 눈물쯤이면 이곳에 내려놓고
창포 그윽한 향기 온몸으로 말린다

은행잎

산봉우리 붉게 타오르다
자리바꿈하는 두 계절 사이에
떨어지는 잎 하나하나가
이렇게 예쁠 줄이야
내려놓으려 해도 생의 마지막순간
아름다운 것만 간직하고 떠나고픈
가을-
그 끝자락에
남은 시간을 숨고르기 하는
늙은 나무 끝가지에
노랗게 변한 잎 하나를 보았다

2부

삶

–시간이 데려가지 못한
작은 추억들

가을

당신 앞에 서면
바람이 가슴에 들락이고
창밖으로 흔들리는 나뭇가지에
떠나지 못한 바람 숲은
소음마저 감아들어
머물고 싶은 순간들이 가슴에 적신다

이렇게 좋은날
가을빛은 흐드러져
잔잔한 내 의식을 자꾸만 치대는데
열어보지 못한 마음속 편지는
순간을 타고 흐르는
아픔이었다

그리워하자
그 흔들림으로
숨 막히는 속박의 여울목에
아직도 내리고 싶은
마음속 간이역을 지나 그 세월 그 느낌으로
코스모스의 꽃잎이 바람에 휘날린다
시월의 마지막 날에

창

한 겹 벗어낸 채 떠오른 달은
세월을 엮어놓은 빛바랜 창에
젖지도 않을
마지막 사랑을 쏟아 붓는다

미처 인식하지 못한
기억의 저편
계절의 권태도 세월의 아픔도
썼다 지우는 작은 언어의 흐느낌일 뿐

서로가 벽처럼 마주보고 사는 삶
틈새마다 모든 아픔을 모아놓은
작은 알갱이 같은 먼지가
소리 없이 빠져 나가는 날
말없이 지켜만 보아야 했던 너

미리벌의 혼이여 영원하라

붉은빛이 가슴을 열어준다
힘껏 발을 뻗어 내리리라
용암처럼 붉게 녹아 나래 펴는
미리벌의 혼이여
한 움큼의 순결과
한 방울의 고귀한 땀
임의 정열은 천년을 삭여
고스란히 피 속에 녹아있나니

손끝에는 수많은 언어가 묵향으로 번지고
그대 바람은
거문고 위에 길어 올린 영혼을 실어
신 잡힌 몸짓은 멈추지 못하고
한 아름 안고 몰아오는 폭풍우처럼
더운 가슴 더운 체온
대대로 살아온 그대 예술인이여

가끔은 눈감고 귀 막고 싶은 날도 있지만
더럽혀지지 않는 가슴에
거대한 별들의 숲이 자라고
작은 숨결마저 풀어내는

깊은 울부짖음으로
정직한 발로 샘솟는 땅 밀양
밀양예술인이여
올 한해 임들이 쏟은 사랑과 정열
한 방울의 땀까지 응원합니다

―2017. 12. 밀양문화예술인 송년 축하 시

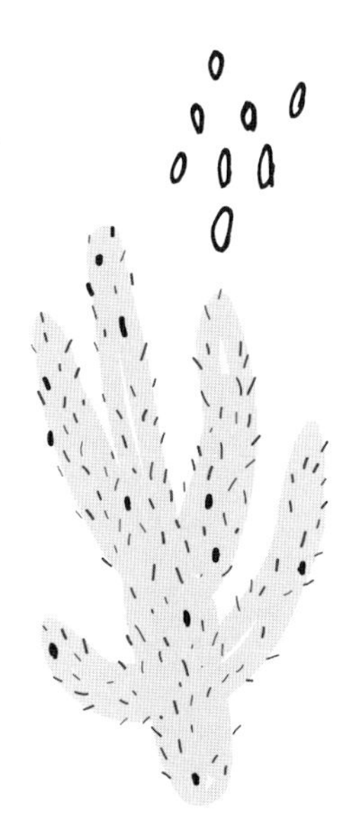

한가위

흰-하게 떠올라라

금빛 은빛
치마폭으로 디밀고 들어온 그대
용솟음치는 기쁨
하늘의 은총은 내리고

어깨 위에 잠들고 있는 달빛
품에 안았다
하나임을 느낀 채
어느 별 어느 하늘 아래
오늘만 같아라

밤바다

수없이 밀려드는 밤배의 행렬
쏟아지는 휘황한 불빛에 눈이 부시다
썰물 빠진 모래펄에
맥없이 나앉은 서성이는 발걸음
바닷가바람이 깃발처럼 펄럭인다

어디선가 외침도 물거품이 된 시간
가슴속 물줄기따라
끝없이 차고 오르는 파도의 열병
바다가 삶의 전부였던
늙은 어부의 구슬픈 가락
바닷새가 쉬엄쉬엄 세월을 낚고

방파제 끝자락
차디찬 물결위로 막 잡아 올린
고등어 한 마리
게슴츠레한 눈을 떴다 감았다
슬픈 눈동자 속으로 비치는 내면의 고통
오늘밤 고등어는 깊은바다를
마음껏 헤엄치는 꿈을 꿀 것이다

무궁화꽃이 피었습니다

메말라가는 들판에
마구 자란 잡풀들이 서로 엉키어
헐벗은 가지들을 휘젓고 있어도
한삼 풀 가시덩굴 뒤덮인 곳에
붉은 풀뿌리 비켜 당기며 안으로 안으로
무궁화 천연스럽게 꿋꿋이 피었습니다

속세의 티끌에
인간성마저 황폐해 상처받고 고통주어
서로가 미워하고
성치 않는 호흡 내뱉지 못한 채
슬프게 우는 작은 새는
한순간 역사 속으로

돌아앉은 마당 엎드린 숲 뒤
시린 새벽사이로
산과 바다가 아우르는 날의
기적을 꿈꾸며
내가 지켜야 할 강산 푸르게 더 푸르게
태극기 휘날리며
무궁화꽃이 피었습니다

하루

행복한 봄이 전해주는
유월의 향기
양쪽으로 난 창문 사이로
미처 다 따지 못한 매화가 있다

시간에 닳아 반들반들해진
흙담 위로
가슴에 단추를 풀어놓은 듯
하루살이가 허공을 향해 뜨겁게 올라간다
이미 반나절은 지났는데

시간을 토해내듯 쉴 새 없는 움직임
한없이 작은 그들의 여행은
생의 골짜기에 어디쯤 지난 것일까
가깝고도 먼 그들만의 여정

골목모퉁이를 지나
잠시 쉬어가는 깊지 않은 물가
처절하게 뱉어내는 낮 개구리의 울음소리
작은 틈새 사이로
노랗게 익어버린 매화가
툭, 떨어졌다

남사친

오늘만 생각할게
딱
오늘 하루만
엉거주춤 서성이던 시간의 길목에
가슴속 맨 아래 서랍에 묻어둔 기억이
잊은 듯 되살아나
문득 이유 없이 보고픈 마음에

차곡차곡 채워 넣은 편지는
아직도 아슴한데
펴내지 못한 마음 한 켠으로 밀쳐두고
이제는 만날 수 없는 날들이지만
오늘만
딱 오늘 하루만

창밖으로 출렁이는 고음의 바람소리
떠나려는가
전하지 못한 마음속 한마디
독백처럼 한동안 밟다가
구겨진 그리움만 너덜거리고

겨울 이별

할퀴어대던 바람이
얇은 햇살에 밀려
겨울의 꼬리를 자르고 있다

개화를 준비한 소중한 생명들은
마음의 빗장을 열고
혈색 잃은 나무는
늘어진 가지를 뻗어내어
하얗게 몸살을 앓고 있다

창가에 엉겨 붙은 햇살
아픔에 못 이겨 깨어날 때
잠시라는 시간이 이별을 말하지만
떠나가는 사랑만큼 아파올까
닮은 듯 닮지 않은 마음을 낚아채며

봄
바람에 널다

창밖으로 흐르는 비

그들의 영혼이 하얗게 저무는 날
창문을 두드리는 맑은 빗소리
구겨진 기억들이 스친 창가로 가면
적절한 고통이 주는
무채색의 내음

계절의 권태에
그대 마음위로 덧없이 다가온
세월의 변화
작은 바람에도 흔들리는 창을
사이에 둔 우리는
서로를 침범하지 않은 채
처절하게 느끼고 있다

침묵은 해묵은 갈등인가
그물처럼 엉킨 마음이 사그라지지 않는
번뇌의 한 자락
반복되는 빗소리에 세월이 익어
담아온 보고 느낀 이야기
밤비 내리는 날

이화산방에서

뜨거운 햇살을 피해
가로수 그늘진 곳을 걸었다
댓잎 바람에 흔들리고
사춘기도 아니고 갱년기도 지났건만
한번쯤 소녀이고 싶다

젊은 날의 첫사랑 같은
아마란스의 붉은빛이 세여인의
가슴으로 흘러내린다
입 안 가득 그리운 소리 들리고
시간이 데려가지 못한 작은 추억들

짠한 눈물 한 방울
창밖으로 떨어지는 밤 그림자
바람은 파르르 떨리는 댓잎같이
살며시 꿈속에 묻어 올 건가
구름 속에 숨은 달

외롭지 아니한가

그대 떨어진 낙엽 사이로
세월은 흐르고
하나둘씩 꺼져가는 생명 앞에
발가벗긴 채 까맣게 타들어가는
나뭇가지 가지하나
떨어지는 아픔보다
기다림의 시간이 더 두려운
혹독한 계절

그대 후회는 없었는지
넘치지도 모자라지도 않고
틀에 짜여진 각본처럼 살아온 삶이-
코끝에 머무는 자유라는 냄새
혼자라도 외롭지 않을
가슴속 작은방 하나 만들어놓고
반쪽의 벽과 반쪽의 사랑을
느끼며 바라보며

외롭지 않을 만큼 사랑하고
사랑하는 만큼 행복하고
그대 한없이 울어 본 적은 없었는지

훨훨 떠나버린 작은 새들이
가끔씩 둥지로 찾아오는 기쁨
그리고– 기다림의 연속

회색빛 창가에 겨울비가 내렸다
쏟아지는 울음소리

7월의 향기

작은 바람이 분다
시간은 물결 속에 가라앉아
조그만 파문만 일 뿐
눈을 감으면 빗물처럼 그리움이 쓸어내린다

7월의 향기
어쩔 수없이 휴학을 하고 교정을 떠나는 날
많이도 울었다
그해 병원으로 부쳐 온 달력 한 장
'파란 원피스의 내 작은 소녀에게
달력 한 장 찢어 너에게 보낸다'

지금은 잊혀져가는 사연이지만
아련히 피어오르는 어린 날의 추억이
50여 년 전 달력속의 연꽃과
살뜰하게 적어 보내준 선생님의 사랑이

가을이 늙어가고 있다
돌아 흐르는 실개천에 떨어지는
붉은 잎을 본다
울음 같은 바람

책갈피 속에 접어 노랗게 말린
그 해 7월의 아름다웠던 이야기

–김재환 선생님께

폭우

하늘이 큰소리치며 울부짖던 날
담 벽에 기대어
가로등은 한없이 흐느끼고 있었다
세상을 휘젓는 우레와 바람
늙고 병든 소나무에는
삶에 긁힌 상처

살려고 하는 본능일까
맹위를 떨치는 바람의 위력 앞에
제 골격을 그대로 드러내놓고
닳아 구부러진 옆가지가
세상 밖으로 내팽개쳐진다
틈을 타고 흐르는 탁한 진액
그리움의 생채기

주루룩주루룩 마음을 타고
하늘이 운다.
소나무도 운다
창 앞에 앉아
흐르는 빗물을 가슴으로 닦는다

겨울날의 추억, 바다

새벽 무심코 연창문
가슴 시리도록 아름답게 펼쳐진
순백의 세상
자연의 소리
봄을 기다리는 따끈한
차 한 잔의 여유

먼 세월을 건너온
겨울바다가 꿈틀거리다
지극히 작은 몸짓으로
은빛 바다와 체프스키 피아노연주곡
소녀의 기도를 사랑한
어린 날의 소녀를 기억하며
펄럭이는 가슴을 잠재운다

비린 내음이 난다
보이지 않는
수많은 언어가 철썩이고
휘돌아 덮쳐오는 바다울음소리가
가슴 싸한
그리움으로 서있다

새해 첫날

겨울이 흐른다
명주실처럼 하얗게 흘러내린다
사계절의 숫한 그리움과 욕망이
먼 세월을 건너와
갈래갈래 흩어져버리는
소리 없는 바람이 모이는 곳
나무들이 떨군 잎이
싸늘한 공기사이로 달리고
또 한 번의 겨울은
거대한 자연 앞에 제등을 내어놓는다

짧기에 더 아름다운 묵은해는
가슴에 작은 소망을 적어
하늘 넘어 기원하는 곳
함박눈이 찾아왔다
비좁은 사람의 품에도
생명의 기운과 은혜로 충만하고
멈추어진 자연의 시간과
바삐 움직이는 인간의 시간에
새해 새 옷을 입히다

겨울비

겨울이 흐느끼고 있다
비단옷자락 같은 물줄기가
온– 밤을 적시고 있다
세상을 얼어붙게 하는 차가움
처마 밑에는 무청이 말라가고
나뭇잎 하나 목을 축이며
떨리는 소리
불 꺼진 방에 혼자이고 싶지 않아
창가로 나선다

모두가 잠든 야심한 시간
봄은 아직도 멀리 있는데
가지마다 벌거벗은 나무는
작은 방울을 하나씩 잉태하고
세월을 나누며 더하기를 수차례
뜨거운 입김이 온몸에 퍼진다
잠이 오기에는 빗소리가 너무 외롭다
잊고 있었던 감정하나
한없이 작아지는 마음 하나가
허기진 추억을 아파하는 것이다

어느 봄날

하늘은 맵기만 하다
온통 회색빛
탄내가 섞인 바람
흙먼지가 낙진처럼 떠돌고
닫힌 문틈 사이로 숨찬 바람이 몰려온다

오늘따라 작아지는 봄볕
산도 나무도 언덕으로 오르는 야생화도
불투명한 장벽 속에
몸을 힘껏 움츠리며 통증을 느끼는데
예측 할 수 없는 위험한 자연은
언제인가
하늘이 싱싱하게 닦아대듯
물빛처럼 흐르면
길 위를 지저귀는 바람소리
살아있는 소리
지금 봄은 어지럽게 날고 있다

돼지 외출하는 날

한여름
매미조차 울어 풀빛 짙은데
흙먼지 날리며
아스팔트 위로 달리는 트럭
바라본 하늘 떠난다
시작과 끝은 이미 정해져 있건만
사각 철조망 사이로
가만히 눈길 맞추지 않으려
멀건이 축사를 바라보는 돼지
새끼, 이별 운다
한 마리 길게 울음 우는 날
산등성이 붉은 노을이 그들을 맞이한다

정거장

꿈이었던가
한 순간
뒤돌아서서 울어버리는
사랑하기에 미처 보내지 못한
내 젊은 날이 아프게 서있다
숫한 걸음
세월에 멍울지고 핑계처럼 만났던
갖가지 인연들이
가슴 한 곳 구름처럼 떠다니고
아직도 기다려야할 무엇이
남아있는 걸까
텅 빈 정거장 위로 무심한 듯 쏟아지는
붉은 낙엽들
내가 걷고 있다
긴 시간이 길 위를 밟고

타향살이

부딪혀 부서지는 쪽빛바다가
울음 우는 그 곳
금빛 은빛 물비늘이 출렁이고
작은 추억이 숨 쉬는 곳
내 유전자에는 항상 바다가 머문다

길 잃은 나그네같이
사방을 둘러봐도 낯설음뿐
십 수 년의 시간 속에
주어가 빠진 언어가 쏟아져 내리고
밑바닥에는 싸한 통증뿐

쉽게 다가갈 수 없는 그들만의 삶에
굳게 닫아버린 마음의 문
이제 모든 것을 이해하고 받아들이자
힘들었던 일도 고통스러웠던 아픔도
언제가 될지 모를 날을 위해
어둠 속에 비치는 빛바랜 표지석
양촌마을

요가 시간

옴마니반메 훔–
우주 태초의 소리가
인도음악에 맞춰 조용히 흐른다
격정의 몸부림이 끝나면
나를 버리는 시간

두 눈을 감는다
과거 어딘가를 향하는 작은 불빛이
어둠의 터널을 빠져나가
내 주위를 맴돈다
삭지도 않는 통증

치열하게 살아온 황혼이 서있다
뒤돌아보니 모든 것은 작은 파닥거림일 뿐
하나의 울림에 숨을 들이킨다
육체와 정신이 다시결합하고
여전히 나를 이곳에 쉬게 하는 곳

옴마니반메 훔이
내 몸을 휘감아 오른다

산책

걷는다 자박자박
한낮 끓어오르던 열기가
아직도 아스팔트에 녹아있는데
속살을 드러낸 붉은 달빛이 저리다

가쁜 목마름은 바람결에 씻어내고
피를 토하듯 붉은 장미
떨림으로 전해질 때
덩그러니 남아 몸 낮춘 설 국화
계절의 오고감을 힘겹게 매달려
일그러진 발자국 따라 비틀거리다

내안에 잠들어있는 소리 없는 움직임
한 올 그리움 꿰메어
따스함으로 적실 때
빈 밭에 들리는 풀벌레의 울음소리
오늘도 걷고 있다
온통 몸에 젖은 달빛

벗이여

벗님 하얗게 웃으며 떠나던 날
나 또한 웃으며 손 흔들었네
마지막 남은
한 올의 그리움 벗어던지고
무거운 짐 내려놓은 듯
잘 가거라 행복해라 다시 만나자

잎사귀 사이로 눈꽃이 흐르며
저만치 멀어져 가던 벗님 생각에
가끔은 눈물 흘리며 그리워하고
바쁨과 아픔으로
누더기처럼 되어버린 삶이
길가 가로수 되어 기다림만 키우네

풋풋한 모습의 고운님
하얗게 타올라라
주름 사이로 흐르는 생명의 소리
시간은 과거가 될지라도
내 영혼은 따뜻하게 적실 때가 있다네
안으로 파고드는 추운계절
벗님 안녕하시는가

겨울비 2

쓸쓸한 가지 끝에 매달린 이슬방울
울고 있었다
바람에 껴안긴 채
마침내 흐릿한 풍경만 남아
멀고 가까움이 지워진 시야
숨 끊긴 갈대밭에
바람 드는 소리만 엉키고
을씨년스럽게 깔리는 짙은 흙내음

물 위에 웅크린 그리움 일면
멈추어진 내 안의 나침반은
당신 곁에 머물고
정해진 흔들림
쉴 새 없이 이어진 억겁의 계단 따라
겨울비 내 옆에 눕다

비는 내리고

잔잔하게 들려오는 물소리
늘어진 가지의 이파리가 흔들렸다
비마저 내리고
잠깐의 시간에 커피를 마신다

기침 소리
빗어 넘긴 머리 위로
싸안 찬바람이 걸려있다

물이 빚어낸 움직임
유리조각처럼 베이고
온통 비 울음소리에 나를 담아
헤진 가슴속 휘젓어 마음하나 섞는다

넘치지도 부족하지도 않은
벌거벗은 시간들
또 한 번의 그리움은 떠다니고
슬픈 초여름을 토해놓은 울음꽃
비의 설레임

3부

여행

–고운 빛이
시간을 되작이는데

부여 궁남지

천년의 물이 고여 있었다
작은 출렁거림의 다리를 건너
포룡정으로 가는 길
초록빛 물 위로
계절을 타는 연잎이 쓰러져가고
감싸 안으며 서로에게 흐르는 물줄기는
천년 잠들었던 시간을 깨워
사치스럽지 않은 춤사위로 동여매어
흐르지 않는 마래 못을 이루었다

문득 지워진 과거처럼
수없이 덧대어진 고요의 지층에서
묻혀버린 옛날의 시간들이
불교의 문화를 꽃피우고
세월의 물결 속에 사라져버린
사비성의 여운을 짧은 걸음으로
손짓 하나 물빛하나
춤사위는 흐느끼고 있었다

내장사 가는 길

시간과 공간에 뒤엉켜
빨갛게 땅 위에 몸을 누인 이파리
그냥 떠나보내기에는 아쉬운 계절
가을, 끝자락에 서다

길 따라 고운 빛깔이
가을바람에 흠뻑 젖어
아직도 흔들리는 그대 마음 위로
하나씩 하나씩 낙엽비를 뿌리고
조금씩 쌓여가는 붉은 별의 숨소리

산천은 곱게 늙어가는데
되돌아갈 수 있는 시간은 없나요
시나브로 묵은 피를 토해 담금질하는 이파리
단풍, 길 위에 쓰러지다

무섬마을

삶이 단비처럼 가슴에 묵은 날
하늘은 시간을 먹고
마을이 길 하나로 이어진 돌담 위
죽은 잎 사이로 담쟁이넝쿨이
푸릇한 봄물을 빨아들인다

작고 조용한 마을
마른 강줄기가 하나씩 내려놓은
외나무다리 아래
부드럽게 쓰다듬는 결 고은 물결무늬
층층이 쌓여진 모래 위로
손으로 눈으로 담아가고픈
중년의 사랑

무엇 하나 줄 것도 뺄 것도 없는
기억 저편
빠르게 지나가는 시간의 길 위로
세월에 헐어 낡은 누각을 받치고 있는
늙은 나무 등에 기대어
잠깐 하늘바라기를 하고 있다
누군가를 기다리고픈
삼월의 멋진 날

설악산

숨 막히는 신음이 가을을 끌어안는다
굽이치는 설악의 능선
고운 빛이 시간을 되작이며
붉은 울음 토하는데
하늘을 타고 오르는 주황색 빛 무리

비단을 두른 것 같은
은빛 물결의 정점
가파른 통증이 호흡을 막고
하얗게 능선 따라 흐르는
억새의 거친 숨소리

내딛는 걸음에서
햇살 조용히 등 뒤에 기대어
바람처럼 밀려온
보이지 않은 흐느낌
그대 향기 배이면 가을은 깊어지고
산이 뜨겁게 달아올랐다

정선 레일바이크

어슴푸레한 새벽녘
밤새 비에 씻겨 내린 푸른 숲을
휘휘 돌아
깃털처럼 가벼운 시간
상큼한 바람 한줌
처음 만난 낯설음도 묻어가는
끝없는 행복

구절리에서 아우라지를 거쳐
달리던 레일바이크는
비켜갈 것 같은 시간이 여유롭게 흘러가고
자연의 기분 좋은 소리
찰나의 순간을 놓칠까 추억 하나 찍어놓고
누군가의 마음속에 별이 되고 싶은
송천계곡의 맑은 물
상쾌한 가을바람이 물결처럼 타고

느려도 좋다
지쳐도 좋다
덜컹덜컹 거리는 레일바이크가
버려진 공간에서 재창조된

문화명품의 특별한 힘
우리의 가을은
흩뿌려진 메밀꽃의 향연과
여덟 사람의 꾸밈없는 사랑이야기

환선굴

깨끗함과 순수
능선과 능선이 산을 이루고
숲과 계곡이 어우러져 껴안은
힘들게 올라가는 거친 산길을 지나
하늘로 오르는 레일의 쉴 새 없는 움직임
여인을 어깨 위로 시샘하듯
가을비는 내리고

산은 긴 잠에 잠기다

어둡고 축축한 통로를 따라
다른 세계와 만나는 관문
많은 사람들이 썰물처럼 빠져나가고
수평과 수직으로 뻗은 철 계단 위로
만나게 되는 주름 잡힌 종유석
천장에 매달린 물방울들이
수천 년 수만 년 흘러 석주와 석순이 되는
흑백사진 속으로 빨려간 듯
정교하게 쌓여진 미학적인 아름다움

지하의 물줄기가 시원하게 토해내고

끝없는 어둠의 호수에 시간이 고여
촉감으로 만지고 마음으로 보는 시간여행
수천 수만 년 전 속세를 떠나온 산은
스스로 제 살을 도려내어
숲속 커다란 동굴을 만들었다

7번 국도

해안선 따라 누워있는 긴 방파제 끝에
쉼 없이 몰려오는 짭쪼름한 냄새
바람은 아무데서나 모이고 흩어지며
몸살을 앓다

오래 몸져 누운 바다 위로 울먹이는 파도
물결은 아직도 흔들리는데
나즈막히 멀어지는 작은 배 한척
밤새도록 헤메어도 그 자리일 뿐

내속에 잠깐 눈을 감고 보니
하얗게 지친 젊은 날의 사랑이–
작은 숨결조차 다시 만나게 되는 날
당신이 나를 일으켜 편히 쉬게 하소서

가로수 여문 길 따라
기차는 제자리로 돌아오건만
언제쯤 만날 수 있을까
시선이 무거워 물끄러미 바라보고
바닷가 근처 푸른 억새가 휘파람 분다

마곡사에서

붉은 빛깔이 머리 위로 쏟아붓는다
서늘한 아침공기가 섞인 오솔길
천천히 걸었다
찬란한 빛의 눈부신 유혹
부딪치며 비껴가며
산은 아름다운 시간 속에 머물다

징검다리 사이 물살 하얗게 쓸어내리고
달구어진 잎사귀 발갛게 흩날리는데
번뇌에 몸 낮춰 엎드린 대웅전에
들끓었던 마음 닫지 못한 채

머물다 가는 발길에
소리 없이 다가오는 낮은 목소리
사랑한다
너를 향한 아픈 마음 덜어놓고
바스락 가을이 스치듯 지나간다

제주도 주상절리

태고의 시간이 고여
울음으로 적시는 바다는
하늘과 신의 영역을 허물어
푸른 깃발을 펄럭인다

세차게 후벼내는 더운 눈물
비린 호흡으로
수천 수억 년 전의 용암이
붉게 토해 놓고 간 시커먼 바위들이
모나지도 도드라지지 않고
벌떡 일어설 것만 같은

누구인가 그윽한 눈으로
바람을 끌어안고 돌아가고픈 벼랑길 끝
바위에 부딪혀 쪽빛 바다 속으로 떨어지는
붉은 눈물
촉촉이 묻어오는 작은 사랑이
잊은 듯 살아난 잔잔한 기억

궁남지의 국화축제

덤으로 가는 길이었다
길 하나로 이어진
궁남지의 외로운 둑을 허물어
국화의 바다를 이루고
사람들이 떠난 자리에 바람은
고운 꽃잎을 흐느끼게 했다

빛깔 고운 피로가 공간에 꽉 차온다
멈추고 싶은 마음의 빈자리로
가냘프고 여린 색이
작은 속삭임으로 다가왔다
알록져서 아름답고
고와서 예쁘고

나란히 놓인 걸음
조근조근 감싸 안은 그을린 시간에
무심한 듯 튀는 작은 꽃 이파리
달빛 하얗게 부서져 내린 날
국화는 단잠에 빠져 들었다

천지연폭포

구름이 한 방울의 눈물을 떨군 날
세상의 하모니에 합류
걷다, 쉬다 더 없이 들뜨고
아우성으로 몰려오는 향기의 출렁임

하늘빛 받아내려
바다의 소리가 섞이는 바람일까
세월에 깎인 물굽이가
마지막 날을 세우고 후드득 달리다
부딪혀 부서지는
세찬 생명의 소리

이길 어디쯤 그리움 하나 꺼내어
가슴의 고동을 뛰게 할까
보채기도 맴돌기만 하다가
아무것도 아닌 듯 털어버리고
커다란 물줄기는 절벽 안으로 안으로
소리쳐 몰려온다

가을이-

또 다른 색깔의 옷을 입고
가을이 어디론가 가고 있다
허기진 낙엽 하나 뒹굴어
미처 삭이지 못한 한여름 밤의 뜨거움이
가슴 밑바닥에서 웅성거리는데
육신은 잠들지 못하고
숨죽인 갈대는 가슴이 아프다

7번 국도를 따라
뜨고 잠기는 바다 새의 날갯짓
시커멓게 달려오는 파도의 몸부림에
등대는 슬픔을 토하고
철책 선에 둘러쳐진 3 · 8선 글자 위로
세월에 앓고 촉촉이 흐르는 가을비
가을 사랑

–설악산 가는 길

소록도에서

새벽의 어스름도 물러난 아침
늘어지는 하품과 함께
푸른 바람소리의 울림
하늘이 예쁜 연기를 피어 올려
가슴마저 트이는
매일 같은 시간 속에 구원의 신을 향한 작은
천사의 손

한하운 시인의 보리피리가
산허리를 휘감고
비켜 내어준 자리에
바위하나 꽃 한 송이 그리움 묻어
경계를 떠도는 방랑자처럼
이제 얼마 남지 않은 이들에게
용기와 희망을 주소서

바다와 함께하는 작은 숲속 길
조그만 배들이 스쳐지나가고
하얀 백사장을 한없이 걷고 싶은–
바다. 저 끝이련가
내게 들려준 바다가 기억하는 이야기

임이여
닮은 듯 다른 모습으로 오래함께 있음에
마음이 한없이 이곳에 머물게 한다

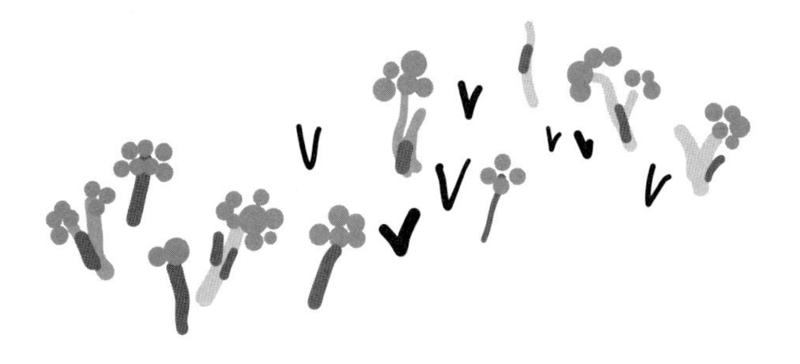

고흥반도

햇볕을 잔뜩 머금은 바위 위로
서로 손을 잡을 것 같은 섬과 섬
바람 하나 햇살 한줌
숲은 보랏빛 향기로 일렁이고
산자락에 펼쳐진 계단식 논이
바다의 물결 모양을 닮은 듯

나로호와 함께하는 고흥반도
수면 상태의 태양계를 깨울
탐사선 나로호의 시작
무한대로 이어진 태양계의 별들이
꼬리에서 꼬리를 물고
우주 속에 떠있는 푸른 점 하나
생명체는 과연 우리들뿐일까
생성과 소멸의 아름다움

느끼고 생각하고 바라볼 수 있는
나로호의 기적을 꿈꾸며
블랙홀 속으로 빠져들어 간 듯
조용한 별들의 침묵
살아 숨 쉬는 지구의 생명력에
깊은 침묵으로 하루를 쓰고 있다

부석사

구름이 두 절벽 사이로 파도처럼 흐르고
좌우로 솟아있는 산길 위로
단풍행렬은 시작되는데
들숨과 날숨의 교차가 가파른 오르막길
지친 숨소리는 가슴마저 아프게 하고

하늘과 맞닿은 무량수전
저편의 시간이
어둠속 연꽃이 되는 살아있는
부처님 숨결
무릎과 허리 몸은 엎드려 무거운데
가슴속 번뇌는 떠나지 않아
나는 이곳에서
무엇을 얻으려 하는 걸까

대웅전 안으로 햇살 밀려오다

사바세계 끝없는 번뇌는
물음표로 남기고
한결 맑아진 육체와 정신
가을이 주는 너그러움과 뜨거운 그 손에서
당신을 향한 내 마음
깊은 일렁임을 느꼈다

고창 선운사에서

뜨겁게 익어가던 계절은
어느새 가을로 인도하고
바람이 같이 흙을 밟으며
단풍, 그 고운 빛에 취해 선운사 가는 길

하루 종일 방황했던 햇살은 지쳐가고
가슴속 주홍 글씨처럼 남아있던
당신의 모습은
떨어지는 잎새 사이로 흐느끼고 있다

처음 마주보는 시간의 흔적
계곡 속 단풍이 꽃처럼 피어나고
사각거리는 억새의 소리에 가슴 베이는
나의 옛 시간을 닮은 작은 사람들은
먼-날 어떤 모습으로 살아갈까
내가 지나온 길이
욕심의 무게에 짓누르지 않았는지

비우고 다시 채워가는 부처님 가피
마음에 마음하나를 덧입혀 돌아서간 길
죽어가고 태어나는 새순 옆에

하얗게 차 꽃은 피어나고
오늘따라 부처님의 어깨가
한없이 무거워 보인다

정암사

기분 좋은 숲길을 지나
하늘을 닮은 물안개 피어오르고
자연이 만든 정원
아름다운 사람들과 함께
행복했던 여름 끝자락을 보내는 길

한발 한발 오를수록 경사는 급해지고
바윗길로 이어진 계곡과 나무가
하나로 어우러져
끝없이 펼쳐진 감격의 순간

천년고찰에 가을햇살이 머물다

하늘로 높이 솟아있는 수마노탑
오고가는 이는 하루의 염원만 남긴 채
자유와 자비를 청하고
기도가 머물고 간 자리에는
밤새 잠들지 못한
목어(木魚)가 먼 바다로 나간다

청령포

햇살이 마지막 빛을 내는 오후
물살은 유유히 갈라 흐르고
인간의 의지와 상관없이 고립된 공간
기대어 오는 이에게
가슴에 묻어둔 하나가
오랜 세월
아픔을 고스란히 간직한 청령포가 있다

돌아보고 또 돌아봐도 혼자인 곳
오지 않는 임을 기다리며
짧은 생을 마감한 열일곱의 시련
돌담에 쌓인 이끼들이
슬픔과 기쁨을 함께 간직한
아직도 과거이면서 현실인 곳

시간의 먼지가 뽀얗게 쌓인
소나무 숲이 호흡하는 바람의 노래
물에 취해
하늘을 만질 수 있을 것 같은 뱃전에
여름을 벗고 찾아간
청령포의 아픈 하루
깊은 물빛 그 안에 가을을 담는다

가조도

외로운 섬은
바다로 향해 돌아앉았다

조금씩 너울은 물 안에 잠기고
바람에 날개를 맡긴 바다 새는
어린 날개를 접으며
깊고 푸른바다를 적신다

내가 당신을 떠올리듯
한번쯤 내 생각은 하고 있을까
정신없이 달려온 드높은 파도 위로
잊지 않고 찾아온
마음속의 작은 섬

비릿한 내음과
짭쪼롬한 바람이 바다와 함께
늙어버린 검은 바위가
뜨거운 가슴으로 노래하는 곳
생명의 기쁨도
파괴의 아픔도 그리움 포개어
죽을 만큼 힘든데

말없이 떠나 바람처럼 떠돌던 파도도
제 모습을 되찾고
저 너머 오지 않는 배를 기다리는
등대의 슬픔
그리움의 물결

바닷가에서

털어내듯 깊숙이 들어온 바다
파도는 몸짓을 멈추고
일렁이기만 하다
싸-아한
깊은 짠맛의 물보라
부딪치며 토해내고 또 채우는
너의 숨결위로
펄럭이는 나를 재우고
부르는 듯 바람소리 눈물처럼 흐르는데
속살을 타고 이는 작은 떨림
어쩌면 거친 이곳에
내 젊은 날의 사랑이
맴을 돌고 있을지도-

4부

가족

–가깝고도 먼
강산이 또 한 번 변해

세호야 마실 가자

골목을 서성이는 오후
맑은 흔들림으로
세호야 할미와 같이 마실 나갈까
좁은 길 따라 코스모스 한 가득 피어있고
북실이 메리 꼬리치며 반기는 길
올 봄 서럽게 흩날리던 꽃씨
마음 가는 곳마다 한 아름 날려
길섶에 안고 쓰러져있는 그 길로

가을이 곰삭아내려
감나무 꼭대기 따다만 홍시랑
잔바람에 제대로 영글지 못한 국화향기
때늦은 노랑나비 나풀거리며
두런두런 풀꽃 속삭이는 곳
세호야 우리 마실 가자

먼 날 가깝고도 먼–
강산이 또 한 번 변해
그때는 네가 할미 손 꼭 잡고
지천으로 널려있는 억새 구절초
소리죽여 우는 곳

그 곳으로 데려다 주렴
세호야 이 가을 다가기 전에
할미랑 마실 가자

그리움, 셋

당신이 보고픈 날은 바다로 향합니다
시원한 바다가 끝없이 지즐되고
좌르르 쓸어 담는 금빛모래 위로
따뜻한 눈물 같은 파도가 치면
언젠가 만날 수 있을 것 같은
희망의 작은 그물을 던집니다

당신이 보고픈 날은 산으로 갑니다
멀리 있어도
느낌 하나로 시작되는 길
꽃잎보다 더 빨간 단풍이
잃어버린 시간 속을 서성이고
한걸음 오를 때마다
알 수 없는 설움
가슴에 비를 내리게 합니다

당신이 정말 보고픈 날은
가만히 눈을 감습니다
그리움의 시간은 멈추고
눈물 사이로 빚어 나온 당신의 기억들이
현실로 나타날 수 있을 것 같은 꿈을
아직도 꾸고 있습니다

아무것도 들어있지 않은 텅 빈 가슴
바람이 들어서면 바람의 들녘이 되고
구름이 흐르면
찢어진 일기장 속
하얀 물방울의 흔들림처럼
가슴 저 밑
홀로 두었던 늦은 가을을
혼자 앓고 있습니다

아버지 기일에

거무스레한 잎들이 얼어버린 채
울음마저 토해놓은 차가운 밤
새까만 어둠을 뚫고
먼–길
찾아오시려나

웅크리고 앉은 채 바라본 길 위로
겨울비 한없이 쏟아져 내리는데
앞을 다 털어버린 나무 같은 당신을
지우고 비우고 또 잊어버리고

오늘밤
정성스레 작은 등불 하나 밝힙니다
사랑합니다
그리고 미안합니다
아버지

여름이 간다

여름이 떠나간다
햇볕은 아프게 찔러대고
그리움의 거리만큼
목마름도 달구어진 바람도 지쳐간다
거뭇한 산 숲 갈림길
시선을 돌리면
선홍빛 절정에서 힘겨워 하는 꽃
꽃들의 비틀거림

분주히 돌아가는 세상 밖
비어있는 한쪽
뙤약볕 아래 내 어머니 무덤에는
오늘도 보랏빛 작은 풀 꽃 등에 지고 있으려나
조용한 향기
멍이 든 사랑
여름이 흘리고 간 뜨거운 사랑이었다

큰딸

단조로운 시간과 공간이
바쁜 영혼을 굴러다니게 하고
밀려드는 사람들의 행렬에
반사적으로 떨어지는 눈물
이별은 항상 아프다

복잡한 병원의자에 앉은
다 말라버린 육체의 밑바닥
그 끝 남은시간을 더 살려고
발버둥치는 나의모습
순간으로 머무는 아픔은
채 빠져나가지 못하고
시간도 소용없는 세월은
나를 그 자리에 가만히 두지 않네

허공에 떠있는 마음 뿌리 채 흔들리고
닳아 없어진 인생에서
내가 살아있다고 느끼게 하는 곳
KTX에 몸을 싣는다
기차길 옆 작은 가지에 매달린
노란 잎 하나를 보았다
너와 헤어진 날은 항상 슬프다

사랑이더라

아슴한 긴 잠속
꿈속에 나타난 당신은
항상 아픈 가슴이어라

달빛에 쓰러지는 풀잎 하나
혈관을 타고 흐르는 아린 기억
가슴에 묻어둔 작은 불씨는
아직도 끄지 못한 채
황혼의 뒤안길로 접어드는데

뭉클함으로 오는 더운 눈물
청춘의 가장 아픈 시간을 보낸
젊은 그리움은
챙기지 못한 사랑이더라

선우 애비

네가 늙는다는 건 생각조차 못했다
머리는 나처럼 희어져가고
벌써 반백이 되었다는 걸
조그만 너의 손 위로 세월은
수없이 가고 오고 또 가고

많이도 흔들렸던 젊은 시간
힘겹던 세월이
붉은 가슴으로 흥건히 고인
내리고 싶은 정거장에는 네가 있어
차마 내릴 수 없었던
가슴에 못 다한 말
미안하고 사랑한다

시간의 아쉬움
빈 들에 서서 길고 깊게 숨을 쉰다
행여 외로울까 바람은 마음까지 감싸고
네가 늙는 것은 마냥 슬프다
늙는 것은 나 하나로 족한 것을

밀양병원에서

어둠이 쌓여간다
복도에는 희미한 불빛만 새어나오고
간간히 몸 뒤척이는 소리만 들릴 뿐
창 너머 잠들지 못한 네온이 흔들렸다
보고 싶다
혈관 속으로 쉴 새 없이 들어가는
항생제와 씨름하며 피로가 꽉 차온다

널 아끼고 사랑하면서도 외롭다
몸이 아프다기에 오지 않아도
된다고 하였지만
혹시나 하는 마음에
창밖으로 병실에서 서성이고 있다

아픈 목마름
숨은 그림 찾기처럼
몸은 뒤틀리고 퍼지르고
바닥나 버린 얇은 막 속으로
하얀 액체가 흘러내린다
달빛 잦아드는 밤

부산시립공원묘지

하늘과 바람 억새의 물결
생명을 위한 마른풀은 숨겨놓고
세월이라는 두꺼운 옷을 껴입는다

삶과 영혼이 같은 공간에 존재하는
호젓한 숲길을 걷는다
아슴아슴 가을빛은 다가오고
울컥하고 나오는 눈물
짧은 만남은 긴 정적만 남긴 채
당신을 향한
올해의 일기를 털어놓는다

건너 영락공원
검은 날개를 퍼덕이는
까마귀의 날갯짓
상복을 입은 아낙들의 삶이 흐느끼고 있다

들꽃의 애잔한 향기
풀들의 울음소리
새벽안개처럼 시야가 흐려오고
다음을 약속하며 돌아오는 길

갖가지 조화의 화려한색깔이
더욱더 나를 허기지게 한다

–엄마 산소에서

산청호국원에서

울컥 눈물이 났다
구슬픈 진혼곡 속에 묻혀
한걸음씩 옮기는
처음으로 돌아가는 길
하늘로 솟아있는 현충탑을 지나
안온한 평정심으로 고이 영면에 드셨다
기나긴 팔십 여년의 세월
역사의 소용돌이에 휩쓸려
전쟁이란 참혹한 현실 앞에서
고통스러운 삶을 사신 이시대의 아버지
한국전쟁 참전용사 하사 박상준

벚꽃 길 훤히 불 밝히던 날
사랑한다 고맙다 마지막 말을 남긴 채
겨울을 털어내듯 먼 길 떠나셨다
후회와 회한으로 얼룩진 삶은
20년 그 너머의 시간은 기억하지 못한 채
어쩌면 감추고 싶은 현실이
그 시간대에 멈춘 게 아닐까
돌아오는 길

아스팔트 위로 흩어진 붉은 꽃잎이
정거장 모서리에 나 앉아있었다

–시숙부님 돌아가시는 날

형님

불꽃처럼 타올랐던 지난여름
두 계절 사이에
세상과 한걸음 떨어진 곳에서
당신을 만났습니다
거짓 같은 현실 앞에
마지막 남은마음까지 눈물로 보내야 하는
그립고 보고픈 사람은
가슴 한켠에 묻어둔다고 했습니다

형님 어제까지의 고통과
수고로운 삶에서 벗어나
하늘 길 따라 편히 가십시오
다음 생(生)에는
아프지 않고 건강한 삶으로 태어납시다

등 돌리고 떠나는 사람 앞에
먼-날 다시 만나는 날
당신을 보낸 남은 시간 동안
많이 힘들어한다는 분이 계신다는 걸
그리고 모두가 당신을 사랑했다는 걸
이야기할 겁니다

마음자리 하나 놓고 가십니다 그려 형님

–고 김위휘 형님 영전에

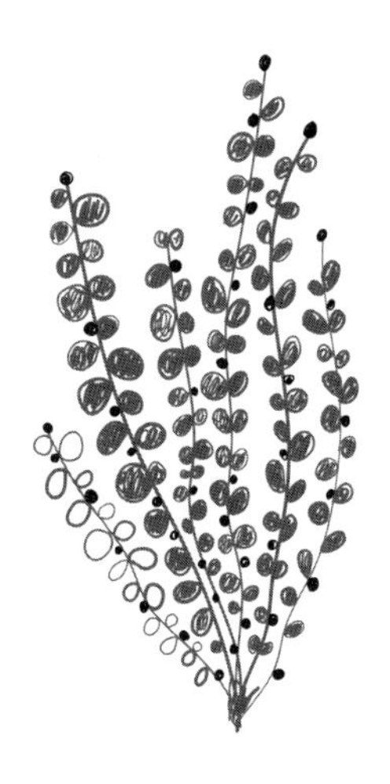

눈 내리는 날

그대 오시는 날
안개처럼 하얗게 흐르고
목마른 입술 위로 촉촉이 스며드는
가냘픈 눈맞춤
세월이 힘겨운 발길에서
켜켜이 쌓여가는 버거운 나이테

그대 오시는 날
하늘의 선물처럼
뻔히 못 올 너를 기다리며
먼 곳을 기웃거리는
그 마음 아파하며 걷던 날
제 소임 다한 달빛
하얗게 부셔져 내린 날이었다

만추

바스락거림의 소리
세월에 농익어 흩어져 내린
핏빛 같은 열정
아픔이었다

저만치 다가오는 이별의 시간
서걱대며 하얗게 익은 억새 빛을 잃고
말린 풀꽃 으스러지듯
온갖 색으로 갈래갈래 흩어졌던 가을이
바람에 뜰에 머물다

휘감겨 털어내듯 눅눅한 슬픔이여
부르는 듯 한 겹 바람소리
가을에 적은 편지는
빈 가지에 걸터앉아 날개를 접다

유경석

어쩌지도 못하는 바람이
넓은 세상으로 가고 싶은가 보다
철없는 아이처럼
항상 한 곳에 머물러 있을 줄 알았는데
구겨진 꿈처럼 가슴은 먹먹하고
그냥 눈물이 나
하루에 하루를 더한
아무도 믿지 못한 이상한 아픔이
석 달이라는 기다림을 키우고

한없이 가여운 내 작은 아이야
무너져 내린 건강에 돌담을 쌓듯
하나씩 하나씩 고쳐 나가면
힘겨웠던 날들 잊을 수 있으니
경석아 힘내자
활짝 열린 마음으로
너에게는 아직도
수없이 많은 날이 남아 있으므로

문득

며칠째 꿈속에 당신이 찾아왔습니다
무슨 일일까
보고픔이 당신께 전해졌는지
하얀 달이 자목련 가지에 베이는 날도
오늘처럼 비가
주룩주룩 쏟아지는 날도
당신을 생각하곤 합니다

문득
벽에 걸린 달력을 보았지요
아, 내일이 음력 오월스무사흘
당신을 만나러가는 날입니다
삼십칠 년 전 조금만 더 살아달라고
애원하며 당신을 보낸
가슴 아픈 날이기도 합니다

허무

고스란히 녹아내린다
쓰라린 살갗 벗어놓고
온몸으로 토해내는 영혼의 소리
억새풀 하얀 바람꽃처럼
주검은 가까이 있었다

흙내가 난다
아직은 먼데 떠나는 사람들
아팠던 발밑에 떨어지는
울음소리
천수경 마디마디에서 설움이 묻어나고

텅 빈 나무 하나
젖은 불빛 등에 지고
침묵했던 입술 사이로
세상이 듣도록 소리치는 가을비
노란 달맞이꽃 하나 아프게 일렁인다

사월초파일

그리움 타던 날
산 오름 물소리 들리고
가지 끝을 흔드는 바람소리
풍경소리
머물던 자리에 소망하나 매달아놓고
긴 침묵 열어 잊은 듯 미루다 못한 말
사랑한다 내 딸아

사월에 지핀 산사의 향 내음
번뇌와 업장으로 적시는
낮은 가슴속에
허기와 갈증의 언어가 침묵을 헹구고
머무는 자리에 내 영혼 환하게 켜지면
생명의 물결 가슴에 파고들어
바람타고 흐르는 꽃빛 연등의 밤
사월의 사랑

그리움 밖으로

세월의 소리가 섞이는 바람인가
사방은 어둠으로 침묵하고
휘어져 내린 가지에 달빛 스미는데
우리 집 개 두 마리 무엇을 보고 짖는 건가

시계는 새벽 두 시를 가리키는데
타다만 재처럼 메말라가는 숨소리
더 살고픈 욕망은 발갛게 회오리치건만
세월에 곪아간 육신은
마른 풀처럼 힘겹게 버티고

칠십이 다 된 표지판 홀로 서있네
보고 싶다 말하면 눈물이 날 것 같아
등 뒤를 서성이는 그리움 밖으로
행여 외로울까 옷깃을 여미네

잠 못 이루고

재깍재깍 시간이 흐른다
죽음처럼 가라앉은 밤은 깊어만 가고
물살보다 빠른 시간 속에 앓아 누운 육신은
바닥난 난로처럼 녹아내리는데

한걸음 한걸음 데인 듯 아팠던
과거 언저리를
아직도 살아있다는 더운 체온이
온몸을 돌아
멍이 들도록 사랑앓이를 하고 있다
평생을 살아오면서 내 옆의 사람도
마냥 행복하지 않았을 테지

휘어져 내린 가지에 별빛 쏟아져
훌쩍거리고 번져가는 외로움
내뱉는 한 움큼의 숨소리를
길고 깊게 내쉬고 있다
미세한 떨림
바람 하나 문 앞을 서성인다